U0896677

MAX PORTER

GRIEF IS THE THING WITH FEATHERS

悲伤长了翅膀

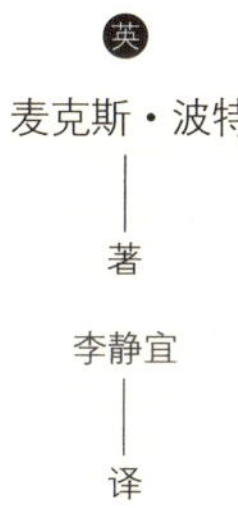

〔英〕麦克斯·波特 著

李静宜 译

江苏凤凰文艺出版社
JIANGSU PHOENIX LITERATURE AND ART PUBLISHING, LTD

图书在版编目（CIP）数据

悲伤长了翅膀 /（英）麦克斯·波特 (Max Porter)
著；李静宜译 .— 南京：江苏凤凰文艺出版社，
2019.11
书名原文：GRIEF IS THE THING WITH FEATHERS
ISBN 978-7-5594-2021-3

Ⅰ.①悲… Ⅱ.①麦… ②李… Ⅲ.①散文诗－诗集
－英国－现代 Ⅳ.① I561.25

中国版本图书馆 CIP 数据核字 (2019) 第 217154 号

著作权合同登记号：10-2019-489

GRIEF IS THE THING WITH FEATHERS by MAX PORTER
Published by arrangement with Big Apple Agency, Inc

悲伤长了翅膀

（英）麦克斯·波特 (Max Porter) 著　　李静宜 译

责任编辑	白　涵　刘洲原
出版发行	江苏凤凰文艺出版社
	南京市中央路 165 号，邮编：210009
网　　址	http://www.jswenyi.com
印　　刷	北京铭传印刷有限公司
开　　本	880mm × 1230mm 1/32
印　　张	7.5
字　　数	86 千字
版　　次	2019 年 11 月第 1 版　2019 年 11 月第 1 次印刷
书　　号	ISBN 978－7－5594－2021－3
定　　价	58.00 元

　　乌鸦

我们对~~爱~~所知的，

　乌鸦

是~~爱~~无所不在。

如此已然足够，

　乌鸦　　　乌鸦

~~货物~~总须与~~车辙~~成比例。

——艾米莉·狄金森

一抹
夜色

A LICK OF NIGHT

PART ONE

男孩

我枕头上有根羽毛。

枕头是羽毛做的，快睡吧。

很大的一根黑色羽毛。

过来，来我床上睡。

你的枕头上也有羽毛。

别管羽毛了，我们睡地板上吧。

爸爸

她过世之后四五天，我独坐在客厅里，想着该做什么。缓缓晃来晃去，等待惊吓消失，等待任何可以名状的感觉从我假装秩序井然的生活里浮现。孩子们在睡觉。我喝酒。对着窗外抽手卷烟。我觉得，她离去的主要理由，是为了让我永远变成像这样一个整理生活的人；变成像这样一个只会列清单的生意人，满嘴陈腔滥调的感激之词；变成像这样一个机器似的建筑师，负责为没妈的小孩建立生活秩序。哀恸感觉起来像有四维空间，抽象，又隐隐有些熟悉。我觉得冷。

过去这段时间，曾经亲切围绕在周围的朋友和亲人们，已经回家去过他们自己的生活了。孩子们上床睡觉之后，公寓变得一点意义都没有，没有任何动静。

门铃响，我又得打起精神面对更多的亲切善意。又一盘千层面，几本书，一个拥抱，还有装在锅里给两个男孩的即食菜肴。当然，面对这些来来去去的致哀者，我已经成为一名专家，透彻了解他们的行为举止。身处震中，让人对其他每一个人的存在都有了某种具有奇特人类学意义的认知理解：伤心得无法自抑的，虚情假意故作感伤的，假装什么事都没有拖延着迟迟不肯走的，以及刚刚成为她、我和男孩们最好朋友的人。这些人我直到现在都还搞不清楚谁是谁。我觉得自己像是以前在某张惊人图片里看见的地球，周围环绕厚厚一圈太空垃圾。其他人对我已故妻子表现出来的哀叹，紧紧纠结缠绕成一个梦，我觉得要很多很多年才可能渐渐淡去，让我再度看见黑暗的太空。当然啦，不必说也知道，这样的想法让我觉得很有罪恶感。但是，为了支持我自己，我心想，一切都已经改变了，她已经离去，我爱怎么想都可以。她一定会赞同的，因为我们向来就太爱分析事理，太愤世嫉俗，很可能也不够忠贞，满脑子迷惑。

亡者的晚宴，伪善的朋友。

门铃又响了。

我走下铺地毯的楼梯，踏进冷飕飕的玄关，打开大门。

没有街灯，没有垃圾桶，没有铺路石。没有形影，没有光线，什么都没有，只有恶臭。

一声噼啪，咻咻，我整个人被震得往后倒，喘不过气来，撞倒在门阶上。玄关一片漆黑，冷得要命，我心想："这是什么世道，我今天晚上竟然在自己家里被抢？"但接着，我又想："老实说，这又有什么关系？"我想："拜托，别吵醒我儿子，他们需要睡眠。只要你不吵醒他们，我身上的每一毛钱都给你。"

我张开眼睛，还是黑漆漆的，所有的东西都哔哔剥剥，沙沙响。

羽毛。

腐臭味好浓，甜腻可怕的味道，是刚腐坏不能吃的食物，加上苔藓、皮革与酵母的味道。

羽毛在我手指之间，在我眼里，在我嘴里，在我身体下方，是一张羽毛吊床，把我抬起，距瓷砖地板一尺之遥。

一只黑得发亮的眼睛和我的脸一样大，缓缓眨动，嵌在皮革般皱巴巴的眼窝里，凸出来，像一颗大的足球。

嘘——

嘘——

他这么说：

我要待到你们不需要我的时候才离开。

放我下来，我说。

除非你说哈喽。

放。我。下。来。

我哑着嗓子说，我的尿液暖暖濡湿了他那托住我身体的翅膀。

你很害怕。说哈喽就好。

哈喽。

好好地打招呼。

我整个人往后倒，乖乖认命。我好希望妻子没死。好希望我没惊恐地在我家玄关躺在这只巨鸟的怀抱里。我好希望在遭逢人生最大悲剧的此刻，没一直沉溺在这件事上。这是真真实实的渴望。痛苦却美好。我的脑袋开始有点清楚了。

哈喽，乌鸦，我说。终于见到你了，真好。

*

他走了。

这些日子以来头一次，我睡着了。我梦见森林里的午后时光。

乌鸦

很浪漫呢，我们的头一次见面。举止笨拙。乒乒乓乓。夹层公寓，楼上有两间卧房。稍微动点手脚，轻轻松松穿墙而入，直上阁楼卧房，看见那两个静静睡觉的可爱男孩，听见这两个天真男孩发出的呼吸声，真是令人开心啊。线头毛球，长颈水瓶，零零碎碎的小东西，整个地方弥漫沉重的哀悼气氛，每一件东西的表面都有着去世的妈妈的痕迹。每一根蜡笔，每一辆小玩具车、外套和防水靴，都裹着一层伤恸的薄膜。走下死去妈妈的楼梯，蜷起爪子，啪哒啪哒走向爸爸的卧房——这里不久前还是“爸爸和妈妈的卧房”。我是没有角的猎人

赫恩[1]，蠢蛋。浑蛋。他在这里。不省人事，醉得脸色惨白。我俯身靠近，闻他的味道。有腐臭的树篱，矢车菊。我扳开他的嘴巴，数数骨头，从他没刷的牙齿里挑出一些东西来吃，替他清牙缝，把他的舌头拉向这边，扯向那边。掀开被子。

我像爱因纽特人那样亲他，和他鼻尖碰鼻尖。我像蝴蝶那样亲他。我像缓缓拍着翅膀的巧妇鸟那样亲他。他这浑身线头毛球（连脚趾头之间都是）的皮囊，既伤心又舒适，沉下，轻轻上升，然后下，上，然后下，上，然后下。我祈求他呼吸，听见他的表皮轻轻叹息："肉，啊，肉，啊，肉，啊。"我觉得真是美好，上（就像我一样），然后下（就像我一样），平底锅的形状（就像我一样）。奇怪的是，我钻进他被子底下，并没有让他起来，恶臭，恶恶恶，足以惊醒人类（鸟的羽毛，探进你的脑袋，钻进你的斗鸡眼，伸进你的嘴巴里）但他还是睡，卧房活像陵墓。他是意外的残存者，而我知道这是最好的表演，真正好玩的事。我把爪子伸向他的眼球，思索着要因为好玩或悲悯而把眼球挖出来。我从身上拔下一根黑亮的羽毛，搁在他前额，留给，他的，脑袋。

当成纪念品，当成警告，当成清晨的一抹夜色。

让哀恸可以暂时歇息。

我会给一些事情去思索，我轻声说。

他醒来，在他创伤的黑暗之中，没看见我。

咕吱，他嘟囔着。

咕吱。

爸爸

今天我回去上班。

我撑了半个小时，然后开始涂鸦。

我画了一张葬礼的图画。每个人都有张乌鸦脸，除了那两个男孩。

乌鸦

看看这个，看啊，我到底有还是没有，喔，试试吧。好书，可笑的身体，打开门，甩上门，吐出这个，舔舔那个，飞起，噢，听好了，快停下来。

机会不错。别在意，每个黄昏，每个破晓，一切都改变了，这里都是肉，那里也都是肉，冲破恶臭。我到底有还是没有，喔喔，沥青。可以吃的，黏糊糊的，蹩脚的保护色。

把我绑在旗杆上吧，否则我就狠狠撞她，撞到我可以精准地掏尽她的抱歉，抱歉，抱歉，看哪！一只切断的手，刺藤灌木，盒装的天鹅，盒装的故事，喷得远远的尿尿，这样比较好吧，一定要停止抖动，一定要完全静止，旗杆一动也不动。

噢，听好了，相信我。我到底是有还是没有忠实地把圣文森特②送到里斯本。一路平安喔，有少许的肝，嗅一嗅，闻一闻，衣物柔顺剂，皮革，栏杆熔铸成炮弹，子弹。我到底是有还是没有带着老巫婆渡河。别闹了，没有。咿咿呀呀的大黑鸟不假思索，去你的胆小鬼，卑鄙，娘娘腔，笑吧，说吧，笑吧，叫吧。有耐心一点。

我没办法让他往后仰靠在椅子上，喂他喝一点苦涩

的病情简报，让他一尝老婆死亡的真实滋味。**换成是其他的鸟就会这么做**，在这个王国里哪有什么好人坏人。最好还是下猛药。

但我相信渐进疗法。

男孩

我们是有遥控汽车和印章玩具组的小男孩，而且我们知道情况有些不对劲了。我们知道我们问“妈妈呢？”的时候，没有得到直截了当的回答，甚至在我们还没被带回房间，爬到床上，一人一边夹着爸爸坐在床上之前，我们就知道情况不对了。我们猜想，也了解，这是新的生活，爸爸是和以前不一样的爸爸，我们是和以前不一样的男生，我们是没有妈妈的勇敢新男孩。所以他告诉我们出了什么事的时候，我不知道我那个兄弟是怎么想的，但我心想：

救火车在哪里呢？发生这种事情的时候，不是都会有吵吵闹闹的噪声，可是在哪里呢？怎么没有陌生人跑来帮忙、尖叫，对我们挥舞着在黑夜里闪闪发亮的急救设备，想办法安置我们、拯救我们呢？

应该要有戴头盔的人，大声讲话，新鲜且夸张。应该要有大到恐怖程度的噪声，对我们这间舒适的伦敦公寓来说，完全陌生，也完全不成比例的噪声。

没有人群，没有穿制服的陌生人，没有新鲜的危机语言。我们还是穿着我们的睡衣，有人来看我们，给我们东西。

假期和上学变得一样了。

乌鸦

在其他的版本里，我会是个医生或是幽灵。完美的设定是：医生、幽灵与乌鸦。我们可以做其他角色做不来的事，例如吞噬悲伤和未面世的秘密，靠着语言和上帝发动戏剧化的战争。我是朋友，是借口，是天降救星，是玩笑，是病症，是凭空虚构，是妖魔鬼怪，是拐杖，是玩具，是魅影，是封口布，是分析师，是保姆。

而我，说到底，是“最核心的那只鸟……不管从哪一个角度来说”。我是样板。我知，他知。是悄悄溜进来的谜。滑了一跤跌进来的谜。

无可避免地，我必须捍卫自己的立场，因为我的立场就是感性。你不知道你们源起的故事，你们生理本质的真相（意外），你们的死亡（通常是被蚊子咬），你们的人生（自制，兴高采烈）。我不愿和你们任何一个人讨论荒谬的事，因为你们打从创世就开始迫害我们。乌鸦对这群哀恸的人有何用呢？不过是一团混乱罢了。

是悸动。

痛楚。

栓塞。

裂缝。

负荷。

缺口。

所以，没错，我是吃小兔子，掠夺鸟巢，吞下污物，侥幸逃离死神，嘲笑挨饿的流浪汉，走错方向，传递错误讯息。喔，试试吧！浪费了该死的大把时间。

但我在乎，非常在乎。我觉得人类很沉闷，除非深陷哀恸之中。健康、灾祸、饥荒、暴行、光鲜亮丽或平凡无奇的生活很少挑起我的兴趣（我的兴趣！）但是没妈的孩子确实是我会感兴趣的。没妈的孩子是最纯粹的乌鸦。对感性的鸟来说，袭击这样的窝巢时机成熟，收获丰硕，甜美诱人。

爸爸

我画着她整个人慢慢消失，肋骨像X光片里的那样支离分散，一只只死去的鸟儿在她骨头上唱歌。

乌鸦

我写过千百本回忆录。这对像我这种大名鼎鼎的生物来说是必要的。我相信这是所谓的必要使命。

很久很久以前，有一场该死的婚礼，乌鸦儿子很生气，因为他妈妈要再婚。所以他飞走，飞去找他爸爸，但却只找到腐肉。他到处交朋友，有农夫（他把其他鸟儿带到他们的枪口前面）、科学家（他可以操作连黑猩猩都操作不来的工具），还有一两个诗人。有几次，他以为自己找到了爸爸的骸骨，对着可恶的苍鹰嘶吼尖叫说："这是我爸的白骨！"但每回再仔细看看，就发现

那是其他乌鸦的尸体。所以，厌倦了这种煞有其事的生活形态，受够了自己顶着预兆的名声，他一跃而起，飞回家去。盛大的婚宴还在进行，在堆满楼梯脚下的垃圾堆里和他妈妈缠绵的那只灰色老乌鸦，竟然不是别人，就是他爸。乌鸦儿子对着扭动的双亲发出痛苦不解的叫声。他父亲大笑：“**呱呱，呱呱，呱呱**。你都活这么久了，是只彻头彻尾的乌鸦，却还是开不起玩笑啊。”

爸爸

柔。

微。

宛如光，宛如孩童扑了爽身粉、被亲吻的脚，宛如翻毛麂皮，宛如针毡，宛如承诺，宛如诅咒，宛如种子，宛如被磨碎、编织、连接或编号的一切，宛如天生与自然、暴戾与静寂的一切。

一切都彻底消失。一切都难以忍耐了。

男孩

我那个兄弟和我在一个海岩间的潮水潭找到一条鱼。我们动手想要杀掉它。我们先是对着水潭丢小石子，但是那条鱼动作很快。接着我们试着丢大一点的石头和岩块，但是这鱼不是躲在小裂缝下面的角落里，就是一溜烟游走。我们是人类的小孩，而鱼就只是鱼，所以我们想出计策来杀它。我们在水潭里堆满石头，拦住水，把这条孔雀鱼困进越来越小的区域里。没过多久，它就在这个小小的囚池里缓缓兜圈子，非常哀伤，然后我们挑了一块大小恰恰好的石头。我兄弟手臂高举过头，把石头砸进水里，砰的一声，水花四溅，我们就这样一块石头接一块石头地砸，开心得不得了。那条鱼当然是死了。所有的欢乐都被空荡荡的宽阔海滩吸收得干干净净。我想吐，而他骂脏话。他建议我们把这条死鱼丢进海里，但我不敢摸它，所以我们火速冲回海滩，爸爸还在看书，头也没抬地说："我感觉得出来，你们做了坏事。"

爸爸

我们永远不会再吵架，我们那愉快、敏捷、举一反三的论辩。我们精心推敲，一来一回绝不冷场的吵嘴。

这屋子变成一部“不再有她”的立体百科全书，每一页除了惊吓，还是惊吓，我们的家与饱受疾病折磨的家之间，最重要的区别就在这里。生病的人在尘世的最后一天，不会在红酒酒瓶上贴条子写：“**喔喔，你没亲我屁股！**”她没忙着死去，家里没有医疗签证的痕迹，她就只是忙着生活，然后就死了。

她再也不会用（化妆品、姜黄粉、发梳、辞典）。

她再也不会用完（帕特丽夏·海史密斯[3]的小说、花生酱、护唇膏）。

而我再也不会买维洛加的经典文库给她当生日礼物。

我再也不会找她的头发。

我再也不会听到她的呼吸声。

男孩

我们在水潭里找到一条鱼，想办法要杀掉它，但是水潭太大，鱼游得太快，所以我们拦住水，用石头砸它。后来，过了好久，我兄弟画了那个水潭，那条鱼，以及我们。用图来说明我们的决定。他向来都用图来解释我们的决定，但那些图一点都不科学，只是胡乱拼凑成的。他喜欢拼拼凑凑乱画，尽管他明明可以画得非常好。

乌鸦

低头，小孩，看啊。

低头，跳一下，摇摇晃晃。

抬头看吧，**“响亮，用力，带点愤慨的呱呱声”**

（柯林斯鸟类指南第四十五页）。

低头，忍住，慢慢走。

低头，拖地，单脚跳。

他可以从我这里学到很多。

这是我之所以在这里的原因。

爸爸

乌鸦身上不断交替出现的矛盾特质很引人入胜：天生的本我与后天教养的自我，食腐动物与哲学家，无所不在的女神与恶名昭彰的恶棍，乌鸦与其鸟类的天性。我觉得自己也是在哀恸与生存之间不断自我转换。我可以从他身上学到很多。

男孩

爸走了。乌鸦在浴室，他经常待在那里，因为他喜欢里面的声音效果。我们蹲在紧闭的门口听。他讲话讲得很慢，很清楚。感觉很老派，像爸爸那张迪伦·托马斯④的黑胶唱片。他说**突然**。他说**创伤**。他说**诱发**……他咳嗽，吐痰，再来一遍，**诱发**。他说**突然的创伤诱发警觉状态的交替出现。**

爸回来了。乌鸦的语气变了。

乌鸦

请进请进，大大烦恼大大愁。哈喽哈喽哎呀呀，嘁喀嘁喀，谁是这发懒迟钝不值一文的东西啊？我要张开翅膀老鹰抓小鸡，逮住这一只两只没妈的孩子，在我的陷阱里，在我的壁龛里，关在不同地方，分开来煮。明明白白搞清楚，推滚翻面，哀伤爬上嘴唇，滚烫烧焦。大自然的贵族阶级，哈哈嘎啦，哈哈嘎啦哈哈，最好不要。

（我讲了一些莫名其妙的乌鸦乱语，这么做都是为了他。我认为他觉得自己有点像巨石阵的蛮荒部

族，听鸟神开讲。我是没问题啦，只要能帮他熬过去就行了。）

啊，巨石！

捍卫
窝巢

DEFENCE OF THE NEST

PART TWO

爸爸

要花十四个月的时间替括号出版社完成《解析泰德·休斯[5]的〈乌鸦〉：狂放分析》。

出版我这本书的出版社在曼彻斯特，老板是个邋遢的人。他不时寄给我鼓励的短笺，说如果目前写书对我来说太过难以负荷，他也可以理解。我们都认为，这本书应该反映这个主题。这会有些卖点。括号出版社希望我的书可以吸引那些讨厌不断挖掘泰德和希薇亚陈年往事的人。这本书写的不是他们的事，我们都同意。但我们也没去讨论这本书应该写什么好。

每回我一坐下来看笔记，乌鸦就出现在我的书房里。有时无精打采地窝在地板上，用一只翅膀撑着身体（看！我是乌鸦维纳斯）。有时耐心十足地栖在我肩头给我建议（你这样说对巴斯金[⑥]公平吗？）但他大半时间都很乐于坐在扶手椅里看书，嘴里咿咿啊啊的。他翻着图画书，诗集，发出啧啧声和叹息。他没时间看小说。他只挑历史书，评论伟人们该死的聪明才智，不然就是迭声咒骂教会。他喜欢读传记，找到那本讲某个苏格兰女人捡到一只白嘴鸦的书，他乐得不得了。

HISTORY

乌鸦

很久很久以前，有只保姆鸟，我们姑且就叫他乌鸦吧。他读过太多俄国童话故事（懒惰的男生被烧死，巫婆尖声怪叫，高尚的王子最终得胜）但仍然是一个获得审核且合格的保姆，备受伦敦家长赞赏，在周五晚上特别抢手。他在报纸的分类广告上写着：

“宝宝住宅区，外地亦可。”

电视关掉了，乌鸦提议玩游戏。

“你们两个男生，”他说，“各做一个你们妈妈的模型。就做你们记忆里的她！谁做得最好，谁就赢了。不是最像喔，是最好，最真实。奖品是这个……”乌鸦说，摸摸他们散发洗发水香味的头发，“我会让最好的那一个模型活起来，一个活生生的妈妈，可以帮你们盖被子。”

所以两个男生就动手了。

一个忙着画画，非常专注，像个只有半人高的壁画家双肘双膝趴在鹰架上。三十七张A4纸用胶带贴在一起，各种颜色的蜡笔、铅笔与画笔，上排牙齿咬着下唇。眯起眼睛上下端详，鼻息沉重，撕掉，重新再来，拼命忙着，对那双手很满意，对那双腿也很满意。

另一个男生则用组合的方式，拿刀叉、缎带、文具、玩具、纽扣和书本做出一个女人来，拼命调整，忽而跳起来，忽而躺下像个矿坑里的技工。一面忙着拼凑妈妈的模型，嘴里一面啧啧、嗒嗒，对脸很满意，对高度很满意。这时，“停！”乌鸦说。

“两个都很特别啊，”他欣赏着他们的作品说，“你抓住她的微笑了，你抓住她的姿态了，她肩膀耸起的角度刚刚好！”

两个男生迫不及待想知道谁赢了。“哪一个？！哪一个妈妈？！”但乌鸦开始跳来跳去，不肯面对他们的目光，忍住不笑，转身走开。

“乌鸦，谁做的假妈妈可以变成真的？”

乌鸦沉默不语，不再笑了。

“乌鸦，别闹了，给我们真正的妈妈吧。”

而乌鸦开始哭。

男孩把乌鸦丢进非常非常热的炉子里煮，煮到他什么都不剩，只剩下细胞。

这是乌鸦的噩梦。

男孩

什么事？她说，在她还没死之前。

我们不想洗澡，我们屁屁是干净的！

我们昨天晚上都洗过了。

好吧，她说。上床去等着听故事。

什么事？她说，在她还没死之前。

我们不想洗澡，我们屁屁是干净的！

我们昨天晚上都洗过了。

这个嘛，她说，不洗澡，没故事。

你们决定吧。

爸爸

我们会给这屋子塞满玩具、书和哭喊，就像有一群玩游戏的小小孩刚离开似的。

我不肯因为失去妻子，而得到家务，所以我接受协助。我哥很不可思议，给我吃的，让我大叫，他应付男孩，应付银行，应付邮局，应付学校，应付医生和我们的家人。妻子的爸妈人很好，提供协助，提供钱，提供他们的人马，给我空间，给我时间，为我带来她的感觉，让我道歉，让我在纯粹的愤怒之外找到一条路来。她的朋友，我们的家人，带来消息和细节，她的一切，为她增光，把事情搞定，整理出专为我们量身打造的生活日常，丝毫不见陈腐老套。

男孩

不久之后，我们的奶奶快死了。

他们说我们可以上去，所以我们上去。地毯踩起来软软的，很深，我们都光脚丫。她有一个装轮子的氧气筒。我们一人一边站在她床旁边，各拉着她的一只手。我拉住的那只手皱皱、软软，而且暖得不可思议。她说如果我们已经准备好，她有话要对我们说。我们说我们准备好了。从出生就准备好了，奶奶，我那个兄弟说，我觉得这样讲很不恰当，但她说："没错，从出生就准备好了，亲爱的。"

她告诉我们，男人很少真的好心，但还好他们常常搞笑。

“你们要为失望做好准备，”她说，“在和男人往来的时候。女人通常来说都比较坚强，也比较聪明。”她说，“但是比较没那么好玩，真是太可惜了。如果你们可以，就生小孩吧，”她说，“因为你们一定很会带小孩。你们自己动手不要客气，这屋子里的东西尽管拿。我很想把我所有的东西都给你们，因为你们是我最宝贝、最漂亮的男生。你们让我想起我有兴趣的一切。”她说。

“你们讨厌看见我咻咻喘气吗？”

不讨厌，我们说，没关系的。

“厨房抽屉里的香烟尽管拿去，”她说，“然后有一天你们也会像我这样咻咻喘气。我坟上的小雏菊会吐烟圈，咻咻喘气，你们要记住我说的话。”

我们一直待到她睡着。有个高高的、身穿白色紧身制服的女人换掉她的被子。

爸爸

路边有只死掉的小狐狸，睁着眼睛，浑身僵硬地躺在草丛里，看起来不像被车撞死，比较像是死于难产。

我可以踩自行车把它送到赫普顿斯托尔博物馆去，也可以把它解冻带到厨房，摆在那里让我儿子看。

我整个人无法自拔。

我还记得那天晚上我回家，告诉她说我完成新书提案，她说：“天佑吾人！”我们喝意大利气泡酒，她说我可以提早拿到我的生日礼物。是一只塑胶乌鸦。我

们亲热，我亲吻她的肩胛骨，提起我爸妈编来骗我的故事，说小孩身上长着翅膀，她说："我的身体才不像鸟呢。"

我们那时正处在中间地带，距离终点还远得很，不会把任何事情当成理所当然。

我好希望再回到彼时。一次，再一次。我希望她拥抱我，我希望拥抱她。是那只塑胶乌鸦。

我们相爱，翅膀的故事。我的身体才不像鸟呢。

再一次。

翅膀。

爱。

像鸟一样。

再一次。我恳求所有的事情都重新再来一次。

男孩

我们常玩一种叫“音爆”的游戏。我们像子弹穿过人群那样全速穿过松林往前飞，飞到就快要撞到树的时候才突然大转弯。我们全速飞过松林，然后突然翻身往旁边一转，距离树木仅仅不到一厘米，擦身而过时我们就大喊：“音爆！”有一天我挑衅嘲笑我的那个兄弟，看他敢不敢擦过树木，就像子弹擦过匆忙奔逃的肩膀一样。我先起身，拼命往前朝着一棵树飞去，在最后一刻才转弯：“音爆！”翅膀打到树干，砰，我滚落森林里（像子弹擦过奔逃的肩膀弹落开来）。

我兄弟飞得太低，太快，没转弯，砰，一根尖尖的树枝插进他的脖子里，他就挂在那里呱呱叫着：“音……音……音……”当然，这只是部分的事实。

爸爸

他们假装自己是鸟，假装自己是狮子。他们的游戏是按部就班有阶段的：恐龙，卡车，霹雳猫，功夫，说谎，运动。

他们的想象和真实世界之间的分野非常之小，大家都在说什么适应机制、正常的童年与时间。许多人说：“你们需要时间。”而我们需要的是洗衣粉、天然洗发水、足球贴纸、电池、弓、箭、弓、箭。

我的想象与真实世界之间的分野非常之小，大家

都在说什么合理的工作量、恢复期与健康的执念。许多人说："你需要时间。"而我需要的是莎士比亚、伊本·阿拉比⑦、肖斯塔科维奇和咆哮之狼⑧。

我记得他们没喝完茶，我收起吃了一半的鱼柳、冷豆子和凝固的番茄酱。

我记得我说："我要把所有的玩具都丢进垃圾桶！"他们咯咯笑。

我记得我一直很担心事情会出差错，一定会，因为我们——她和我——在刚开始的那段日子里这么快乐，但我们的爱已经装进了生活的框框里，就像蛋糕粉装进锡箔盒里，在烤箱里不断膨胀，不断膨胀，最终也将抵住盒子的边缘，到了尽头。

我还记得我的第一次约会，十五岁，和一个名叫希拉莉·吉汀的女生。有个铜板掉到电影座椅后面，我们两个都把手伸进绒毛座椅的小缝里，穿过爆米花碎粒和黏糊糊的票根，我们在地毯上来回摸索铜板，手碰手，宛如触电一般。被椅子夹住的手腕，那漆黑，那意外，那公共区域里令人开心的尘污。

男孩

爸爸和乌鸦在客厅吵架。门关着。传来低沉单调的喀啦嘶喀，喀，喀啦嘶喀。爸爸说，闭嘴，闭嘴。嘎，喀，蹦跳，冲撞，吐口水，骂脏话，哐当哐当，大吼小叫，哭哭啼啼。爸爸嘶哑的声音和狂暴的鸟叫声交杂成古怪的乐器声，像印尼木琴，砰砰，惨叫，痛苦撕扯。

乌鸦现身，浑身羽毛竖起，眼睛睁得大大的。他轻轻把门在背后关上，和我们一起待在厨房餐桌旁。

我们用彩色笔给动物园图片着色，乌鸦检查我们画的线。

爸爸

我记得他们叫她用力推的时候，那个牙买加产科护士说：“用力啊，小妞，用力啊，小妞。”她说：“我不想大便。”我笑着说：“来不及了。”这是我们的第一个儿子，浑身一层味道怪异的乳脂，呃，而且好小。

我记得他们叫她用力时，那个苏格兰产科护士说：“天哪，头出来了！”她说：“好痛，好痛，我要痛死了！”我们都哭了，这是第二个儿子，紫色的，号啕大哭，蜷起身体。

她是拉孔奥[9]夫人，双臂抱胸站在海滩上，说：“看这两个该死的男孩。”我们距海十五米，被哀伤吞噬。

男孩

有时候我们说实话。我们这样做是为了爸爸好。

爸爸

导　论：乌鸦的噩梦我想念妻子

第一章：~~魔幻的危险~~　我想念妻子

第二章：~~沉默支配一切~~　我想念妻子

第三章：~~杀死不了的魔术师~~　我想念妻子

第四章：~~春药灾厄~~　我想念妻子

第五章：~~悲惨喜剧~~　我想念妻子

第六章：~~婴儿（上帝）在湖中~~　我想念妻子

第七章：歌　我想念妻子

结　论：回复与成长　我想念妻子

乌鸦

很久很久以前，有两个男人，是一对兄弟。他们很要好。

哥哥的靴子鞋底补了又补，却还是破了洞。走出位于风车丘的村子才半里，他的袜子就湿了，踩起来吱吱响，他提议要回家换双好一点的靴子，但弟弟继续往前走。

“家里仅有的另一双靴子是我的旧靴子，你穿太小了。”

“没错。”

“我多的那双靴子，比你仅有的这双好。”

他们翻越薄薄的白垩堤墙，跋涉上坡，宛如泳者在碎浪中猛力前进。到了山顶，他们往下看，看见村子稳稳站在谷地捧起的掌心里。

“你和这双该死的靴子有得奋斗了，哥哥。等一下我们可能要走在尖锐的石片上，或者需要爬下有刺的枝干。”

“我想等一下可能会。”

“所以我才说你有得奋斗了。”

弟弟咳一声，对着风车门吐了一口赭红色的痰，咒

骂那个主人。哥哥大笑起来。

他们快步往下走，穿过风车丘另一头被截去树梢的树林，头顶上是一整片亮晃晃的拼贴画，而脚下深色的地面则到处是一个个斑驳的光影。

一只红色的鹿从冬青丛里冲出来，哥哥轻声说：“哈喽，朋友。”

弟弟用手做成枪的样子，尖着嗓子嘶喊：“喀砰！”吓得一只雉鸡尖叫一声，飞进上方的荧光绿里。

阅读测验：

· 你认为文章里的这对兄弟很务实吗？

· 故事里的乡村场景改变了你对主角的感受吗？

· 如果靴子暗喻适应哀恸的能力，你觉得过世的人是谁？

· 请写出这个故事的下一段，请着重于人与大自然、靴子、兄弟、俄国革命的对抗。

男孩

她是被揍死的，我有一回在派对上告诉其他男生。

噢，可恶的家伙，他们说。

对于你的死，我捏造了谎言，我轻声对妈说。

我也会这么做的，她轻声回答我。

爸爸

我记得她假装喜欢看颁奖典礼，虽然她实际上并没那么喜欢。我之所以记得，是因为我很意外。有一次，我让她知道某某颁奖典礼就要开始，说我们应该坐下来看的时候，她说，我们上床睡觉吧，我们又不是真的知道那些人是谁。

是得奖人啊，我说。个个都是丑陋可恶一脸蠢相，全部都是。

所以我们关掉电视，上床去。

有些日子我发现自己一直忘了最基本的东西，所以跑上楼或下楼，去找他们，说："你们一定要知道，你们妈妈是最有趣，最优秀的人。她是我最好的朋友。她很会挖苦人，很讨人喜欢……"然后我没力气了，觉得脑筋迟钝，浑身无力，他们点点头说："我们知道，爸爸，我们记得。"

"她会说我太多愁善感。"

"你是多愁善感。"

他们在沙发上让出一块空间，让我和他们坐在一起。他们的痛楚如此自然温和，宛如阑尾炎。我必须弯下腰，撑住自己，因为他们太体贴了，尽管没有得到我的任何投入，他们的体贴善意还是源源不断产生，不断重新充电。

乌鸦

在我们进一步仔细讨论之前，试着把这三个放在一起想想看。A之于B等于C之于A加B减C。太帅了。再看一遍，就这样，很快看一眼。从左到右？很好。从右到左。很好。一二三，再全部看一遍好吗？好，现在一次全部记起来。再来一遍，一二三？然后……记住。好，我们继续：

左边的是爸爸。这个意象在接下来的问题上具有功能性的作用，我喜欢称之为马桶上的乔治·戴尔[10]，求步骤，疼痛测试，肌肉男。

中间的，就是在下我。一身黑羽毛，散发死亡的臭味。嗒哒！这是腐烂的核心，是马蒂亚斯·格吕内瓦尔德[11]，双手钉上钉子，臂上戳着针，创伤，炸弹，让我们之后再也无法写诗的事情，甩上的门，太初有道。非常有趣的烂东西。非常该死的游戏。非常像大学历史课一样的鬼话。

但还是要继续看。这三连图是永不停止的运作。是文化。右边是男孩。两个人，但同一个形状，可以是女的，也可以是男的，我们可以看出四条小小的腿，四条小小的手臂（右边这图像是新生小牛犊！）以及满怀希望的小脸蛋。而感官意识是由前面两幅图像突然组成的，这是纯粹的机械式运作，是古老的逻辑。这就是大自然。这是我所谓的凌空，晚期风格，十年的返乡之旅，穿过窥孔的箭，神游。非常落日余晖。非常吟游诗人。非常刻骨铭心。

男孩

我们常常在刷牙时把牙膏喷得满镜子都是，惹妈妈生气。

有好几年的时间，我们喷，吐，拼命刷，把镜子搞得到处白白的，一团糟，我们虽然有点罪恶感，却很乐在其中。

直到有一天爸爸把镜子弄干净，我们都同意，这样看起来好极了。

我们还做了其他的错事。我们尿到马桶座上。我们从不关上抽屉。我们做这些事情是为了怀念她，为了继续需要她。

爸爸

油，如果你仔细看泥土，仔细看沙，小啜一口，泥沙马上变成丝。

我好想念她，我好想用我的双手为她盖一座一百尺高的纪念碑。我想看见她坐在海德公园的大石椅里，欣赏风景。每个经过的人都会知道我有多想她。我的思念有多么具体。我好想念她，一个巨大的黄金王子，一幢音乐厅，一千棵树，一座湖，九千辆巴士，一百辆汽车，两千万只鸟，还有更多更多。整座城市都是我对她的思念。

呃，乌鸦说，你简直像个冰箱磁铁。

男孩

在长长的草丛里，我找到一条被踩平的路，也许是我兄弟踩的，所以我低声说："嘿，是你吗？"三尺之外经过的大人看见我们，但我们在大教堂里，无穷无尽，广大无垠。

乌鸦咯咯笑，"我在这里，你看不见我，因为我是绿色的！"

爸爸

我对我最好的朋友说，如果为了参加期末足球派对多留下来一天，她会生我的气，因为这样一来我们就会碰上假期的车潮。我朋友说，你不能再什么事情都想到她。这是哀恸，是不切实际的迷恋。

我以前也是这样不切实际地迷恋着她，我说。你和别人交往吗？他问。

我们得把事情摊开来说？

我有，我说。

还不错吧？

非常不错。

我差点笑出来，一想到乌鸦坐在书房里，乌鸦挑出一张发票，由家庭医生推荐或由国民健康局提供的乌鸦。乌鸦仔细思索唐纳德·温尼科特[12]理论，摇摇头，但勉强喜欢克莱恩。

是的，我对我最好的朋友说。你不必担心，我得到协助了。

男孩

差不多就在妈妈去世的那个时间，刮了飓风，很多树倒了。奶奶家附近的山毛榉林里，有很多半倒的树，斜斜靠在还站着的树上。

我一直爬，一直爬，爬到倒下的树木再也撑不住我的体重，我整个人摔下来。有时候掉在花草植物交错而成的软垫里，有时候掉进尖锐树枝构成的巢穴里。我那个兄弟会大叫：**死肉！**

我不记得这个游戏是我兄弟的点子，还是乌鸦的主意。

黄昏时，爸爸到林子里来找我们，说："你流血了，真该死，你全身都是血。"寒冷让我浑身麻痹，擦伤的伤口刺痛，爸爸叫我兄弟认真反省他的所作所为。

乌鸦

这个是真的：

很久很久以前，有个靠吃哀恸维生的魔鬼。掩不住的惊吓和突如其来的失亲，有着可口的芳香，从寡妇鳏夫哀伤的房子门窗里飘散出来。

因此魔鬼就能找得到他的路。

有天傍晚，宝宝刚洗完澡，丈夫正在念故事给他们听的时候，有人敲门了。

呼呼，呼呼，“开门，开门，我是住五十六号的……呃……凯丝，凯丝·寇雷瑞吉。我要借点牛奶。”

但是这个思路清晰的丈夫知道这条静寂的小街没有五十六号，所以他没开门。

隔天晚上，魔鬼又来尝试。

呼呼，呼呼，“开门，开门，我是括号出版社的保罗，保罗……葛拉夫斯。我听到消息。我真的很难过，花了好久的时间才平复。我带了比萨，还有给男孩的一些玩具。”

但是这位谨慎的父亲知道括号出版社有个彼特，括号出版社有个菲尔，但是括号出版社没有保罗，所以他没开门。

再隔天晚上，魔鬼冲到门口，蓝灯闪烁，噼里啪啦。

砰砰，砰砰，“快开门！我们是警察！我们知道你在里面，这是紧急事故，快开门，你们有五秒钟的时间，否则我们就要冲进去了。”

但是这个天底下最哀恸的男人略懂法律，察觉到他说的是谎话。

魔鬼走开，寻思着接下来该怎么做。他像八卦小报那么卑劣，所以想出了很有效的一招。

叩叩，敲，敲。敲。“孩子们？是我。我是妈咪。亲爱的？你们在吗？孩子，开门，是我啊。我回来了。亲爱的？孩子？让我进去。”

宝宝掀开背子，小脚跨过床沿，跑下楼梯。他们困惑的小心脏里装满渴望，渴望到痛了起来。他们回到以前，以前，远在这一切还没发生的以前。他们的父亲听见心爱的人的声音，整个人醉了，跟在孩子后面跑。她的嗓音让人心痛，宛如月亮牵引的饥渴，涌进每一个杳无希望的空洞眼神里，抚平一切，轻轻巧巧地抚平一切。

“我们来了，妈咪！”

他们的朋友兼住客，也就是乌鸦，挡在门口拦下他们。

我的爱，他说。

我亲爱、遗憾的爱。这不是她。快回床上去，让我来应付。这不是她。

男孩撑起他们这活像皱纹纸皱成一团的爸爸，一人一边扛住他的腋下，撑着他无力的身体往前走，让他躺下来睡觉。然后他们坐在窗前往下看，看看是怎么回事，他们很开心，因为小男孩毕竟是小男孩啊。

乌鸦走出去，面带微笑，嗅嗅空气，点头道晚安，用脚把门往后一踢，在他背后关上。接着乌鸦就让魔鬼好好看一看，巢里有小鸟的时候，乌鸦是怎么对付入侵者的：

很大声的“匡啷”一声，一跳，地板一敲，心不在焉地舞动几下，又“蹦”一声，旋转跃起，像抡起铁饼，但没丢出去，反而往下微微稳住，然后猛然用力出击。鸟嘴像锤子似的使劲钻进魔鬼的头颅，钻出一个洞，他继续往里钻，穿过骨头、大脑、体液与薄膜，直抵脊椎，脊椎骨折断，脊椎骨碎裂，脊椎骨一口一口细咬，吐出，然后一二三四，动作快得像水虎鱼那样啮咬，掐断，把魔鬼的全身组织给拆解开来，喷出鲜血，捣烂内脏，挥舞着韧带和神经，简直像开心挥舞着意大

利面条和毛线。捶着，掐着，撕着，咬着，吃着，喝着，打个饱嗝，真的非常享受这伤害、伤害再伤害的过程，对乌鸦来说，这就像个可爱的垃圾箱，装满碎纸、冰激凌、咖喱香肠、知更鸟宝宝，以及其他一切恶心的东西，让人非常振奋。宛如吹过荒原的西风，宛如风中轻轻摇摆的榆树，宛如根植于种族天性里古老家族的喜悦。乌鸦心神荡漾地站在一摊脏污里，耐心十足地把魔鬼的残骸扫进排水孔里。

他的工作完成了，乌鸦昂首阔步，在街上跳来跳去发布警告，穿睡衣的男孩在卧室窗前鼓掌叫好——在玻璃后面默默喝彩。乌鸦对广阔的城市发出警告，出口成章的警告，多种语言的警告，尖锐带刺的警告，幽默风趣的警告，手舞足蹈、外加超低音威胁，巫毒、双关语和古老丑恶到惊人地步的警告。

乌鸦对捍卫鸟巢的成果很满意，悠哉悠哉走进来找东西吃。

爸爸

这么烂的笑话，这么坏的梦，这么差的诗，这么不同，这个咔。

Cr　咔

Cr　咔

Cr　咔

Cr　咔

eak，ikey，evice，eator。

咔嚓，哎呀，裂口，神啊。

Cr　咔

Cr　咔

cr　咔

y　呜

ying　哭

男孩

他很年轻，人很好，有时候也很搞笑。他很安静，然后又很活泼，然后又很讨厌，很陌生，然后变得很痴迷，看见各种意象，一直写，一直写，一直写。

过来看看这个啊，乌鸦说。你们爸爸好像死了！

我们偷偷溜进去，房间里有死老鼠的味道，被子上有余灰，地板上有瓶子。爸爸张开四肢像坏掉的玩具，嘴巴松弛地张开，整个人摊得平平的，像垮掉的约克夏布丁。

爸你死了吗？

爸，你死了吗？

回答的是长长的一声屁，爸用力一踢。

他当然没死，你这个笨蛋，我兄弟说。

我又没说他死了，我说。

呀呼，乌鸦说。

我没死，爸爸说。

爸爸

亲爱的乌鸦

今天我画了一张让我觉得很骄傲的图。画的是你，坐在椅子上，手拿一个泰迪熊的手偶。泰迪熊在你对面，坐在椅子里，手上是一个你的手偶。超级无敌像！

泰迪熊的乌鸦手偶有个对白框。乌鸦玩偶说："**泰迪熊，你身上有肉铺的味道！**"

我想你一定会很爱。

男孩

爸爸说故事给我们听，故事变得不一样，因为爸爸变得不一样了。

我记得一个捕鼠人的故事。捕鼠人把死老鼠尾巴钉在他的床头板上，一只，两只，三只，四只，五只。捕鼠人杀了鼠王，大家都知道鼠王是杀不死的，除非你煮了它的心脏。捕鼠人睡着之后，鼠王的尾巴从床头板上松脱下来，用他死去同伴的尾巴编成一个绳套，套在捕鼠人的脖子上勒死他。捕鼠人，老鼠，爸爸说，你们怎么解释？

爸爸说故事给我们听，故事变得不一样，因为爸爸变得不一样了。

我记得一个日本作家的故事。那人跌到他自己的剑上，因为剑很利，所以戳进身体，流出血，从背后伸出来。

我记得一个爱尔兰战士的故事。他误杀了自己的儿子，但却发现自己不以为意，因为他觉得这样做对儿子很好。

爸爸

厨房料理台上有块地方，是男生们吃早餐麦片的时候，我靠着的地方。这里再过去一点，就是我妻子常常靠着的位置。

非常沉重。说不上来还会继续多久。但我们很担心陷在城里的人。

男生们在听新闻。他们必须知道。我告诉他们很多关于战争的事。

这世上的失落和痛苦难以想象，但我希望他们能试着去想。

乌鸦

请容我在以声音记录的文学回忆录里再添加一些注记：

我喜欢在下午接近黄昏时分，独自在他们家里，等待他们放学回来。我知道可能会有人怪我表现出为人母的症状，给他们永远也无法实现的幻想。但我是乌鸦，我们可以在暗地里做很多事情，包括假装母亲。我东啄西啄，看看这个，看看那个。拎起落单的袜子或拼图图片。我常拉些屎在我知道他从来不清理的地方。

我首先听到的声音是互相唱和的哼哼唧唧与东拉西扯，高低起伏，兴高采烈。男孩。他们撞上大门的时候或许会有砰一声，然后是上气不接下气地等着爸爸赶上他们。他会打开门，咔嗒一声，然后公寓里就热闹起来了。**脱鞋，放下书包，拜托，别丢在那里，我说别这样，**摆在那边，快点，乒乒乓乓跑上楼！

这两个疲惫的小人儿懒洋洋地大摇大摆，翻滚碰撞冲，然后才开始找东西吃或找事情玩，而我总是带着很不符合我天性的乐观与欣喜的心情，看着他俩不自觉地低头垂肩回到自己的窝。糖！晚上他给他们吃糖，再不然他们就爬到橱柜上，像乌鸦那样偷他们父亲的存粮。你有没有看过人类小孩吃掉一大堆糖果之后的模样？一定要看看才行。吃糖会让他们情绪高昂，精神错乱，歇斯底里，维持大约一个钟头，然后整个人突然像泄了气般消沉下来。

这实在很诡异，简直像喝醉酒的狐狸崽子。

男孩

我们收集邮差丢下的橡皮圈。我们以为可以用来做成一个大大的球。我们放弃了。

我们盖基地，营地，巢穴，棚屋，城寨，堡垒，城堡，碉堡，隧道，窝。

我们观察伦敦，而伦敦给我们可能的妈妈：身穿牛仔裤、条纹 T 恤，脸上戴着雷朋太阳眼镜。所以我们寻找她们的身影，喜欢这种恶劣迟钝的自我伤害。保姆的话让我们觉得很厌烦：“你们怎么可以这样笑呢？这是很伤心的事。”

我们站在沙发椅背上保持平衡，然后像俯冲轰炸那样跳下地毯。爸爸大吼：“你们以为这样不会伤膝盖，可是等你们到了我这个年纪，你们的膝盖就会有大麻烦，知道吗。我才不会像可怜的乞丐那样推着你们。别以为我是骗你们的，你们应该看看我祖母的膝盖，全毁了，像在战场上被轰炸过，她连跪都跪不下来，因为从小就不保护她的关节，芭蕾，主要是，但跳沙发也是，伤了她的膝盖，当时还没有激光手术，要是你们不信就等着瞧吧。”

我们不肯听，继续跳。

在激光手术出现之后，但在青春期来临之前，在害羞情绪出现之前，在中学之前，在金钱、时间或性别啮咬之前。

在语言成为陷阱之前，在语言还是迷宫之时。在爸爸的人生逼近四十大关之前。说真的，仔细想想，这还真是失去妈妈最好的时机。

爸爸

“我免费告诉你这件事吧。”乌鸦说。

“嗯。”（我努力想要工作，我想要别再那么喜欢听乌鸦的见解，因为我在读一本关于精神幻觉的书。）

“如果你妻子是鬼魂，她一定不会在这屋子里的橱柜和墙角哀号，不会到处游荡，为自己失去母亲的身份，看着儿子过着没有母亲的痛苦生活而哀叹。”

“不会？”

“不会，相信我，我对鬼魂还颇有了解。”

"继续。"

"她会回到与你相识之前的日子。回到她童年的黄金岁月。鬼魂不会徘徊，只会回溯。就像你想睡觉的时候会想到树或草地，会从童年时期感受到的安全满足里，撷取唾手可得的景象来让自己立即得以栖身。而这也正是鬼魂会去的地方。"

我看着乌鸦。今晚他是波吕斐摩斯[13]，只有一只眼睛，一颗独特晶亮的八号球。

"继续说，告诉我吧。"

"当真？"

"请说吧。"

"我不是玩猴戏。"

“告诉我。”

“这比较像是一种气味，或是多种感官联结而成的回忆，但像这样的东西……”

他坐得挺直不动，脖子不再往前凸，鸟嘴也不再到处啄。打从他到来之后，这是他第一次没摆出随时准备动用暴力的姿势。

他坐得挺直不动，眼前的他看起来像个没有填充棉花的填充动物。一动也不动。

没错……咿咿咿，对了，等等，鼓声咚咚咚，恐龙手表，妈妈监视着，婚礼拖延着，哎，别管了，我们还

是继续……

孩子们的游戏聚会，红十字会大楼，拼花地板，胶底布鞋，布朗尼蛋糕，天使饼干。

无花果卷。跳舞挑战。无花果卷，新手拼布入门，隐形墨水。

追逐游戏，我指的是伸手一拍人，抓住，你知道的。跳绳。她爸爸的一双大手。

岩礁水潭（约克郡？）捉螃蟹，网子，沙丁鱼，躲藏，等待。

数数儿（算盘？珠子？）

弹跳床 / 茴香糖 / 彩蛋。

削铅笔机？远方的魔法树？罗伯特什么的……玫瑰马罗伯特[14]？

我们默默坐着，我发现我咧嘴笑。我搞清楚了其中的一些脉络。我相信

他。我满心喜悦地相信他，这感觉好熟悉啊。

“谢谢你，乌鸦。”

“我分内的事。”

“说真的，谢谢你，乌鸦。”

“不客气。可是请记得，我是你那位泰德诗里的传奇，冰冷得像死人的乌鸦，请记得。吃掉上帝，舔食垃圾，谋杀文字，亵渎尸体痛恨数学的王八蛋，就是这样。”

“他从没骂你是王八蛋。”

“算我运气好。”

男孩

很久很久以前，有两个男生，他们刻意记错他们爸爸的事情。这样可以让他们忘记妈妈的事，觉得好过一些。

在他们的小家庭里，有很多等式和交换。其中一个男生梦见他杀死自己的妈妈。他查看了一下，发现不是真的，于是他把他爸爸家传的珍贵银汤匙丢进垃圾桶。汤匙不见了。他觉得好些了。

其中一个男生弄丢了一张摆在午餐盒里的珍贵字

条，那是他妈妈写的：“祝你好运。”他关在自己房间里哭，然后拿起玩具小汽车砸向他爸爸裱框的约翰·克特兰[15]海报。框破了。他觉得好些了。爸爸尽责地把玻璃碎片扫干净，很能理解。

他们的小家庭里，有很多的惩罚和意料中的事。

爸爸

两个男生打架。

男孩

寒意冻醒了男孩，于是他叫醒另一个说，**爸爸走了**。另一个也觉得是这样。他们的妈妈走了——她可能是躺在雪地里睡着死掉的，再不然就是被狼拖走——所以小屋子里的爸爸或妈妈离开之后会有什么味道或声音，他们略知一二。他们说得没错，他们爸爸走了。

或许，其中一个男生说，他会再回来，另一个男生搔搔头发，眼睛带笑，因为不会，他不会回来了。离开了的爸爸永远都是离开了的爸爸。

所以他们唱着整理打扫的歌，到处走来走去，把东西丢开，穿上所有的衣服，让自己看起来比本来还胖得多，然后出门。

他们走了三天，只有滚下山坡的时候才睡觉，所以他们一刻也不停。他们失去童稚的身材，长出胡子，身体从衣服里蹦出来，所以到了第四天太阳出来的时候，他们已经是两个浑身赤裸的大男人了。

看看你，其中一个男生对另一个说。看看我们的防水靴，另一个对他的兄弟说。

他们撞见一间小屋，敲敲门。那个漂亮得惊人的女人一打开门，他们就知道他们还没准备好，只可能

把她当成妈妈，所以他们匆匆回家，咻咻咻，爬上山坡，越过结冰的林地，回到家里，跑上楼梯，钻进床里——眼睛闭得紧紧的——等他们醒来，爸爸正在做早餐。

爸爸

我们去看飞鸟猎食表演。在一片野地上。很乡下的地方，只有六个老好人，还有一个带着无线电麦克风，活力充沛的胖导游："来了，她来了，我们的明星登场了。"

第一只飞出来的是秃鹰，非常惊人，巨大无比，双翅张开来有六米宽。喔，耶，我们说。喔，耶。男孩们一动也不动地愣住了。

"我们来看看，她到底要不要展开行动呢，**她来**

了，飞啊，飞啊，往上飞，**小妞快飞，这才是我的乖女孩！**”

她凌云而上。她高高**飞起**。我们高高飞起。

男孩们抓着塑料座椅，这猛禽表现出来的优异猎食技巧渐渐失色，令我感到兴奋的是这只秃鹰本身。这只秃鹰宏伟的体魄。

“噢，现在这是什么，谁啊这是？噢，老天爷啊，老天爷啊，你这该死的小浑蛋，请原谅我讲粗话，老乡。这是生长在这片野地里的小嘴鸦，在春天里保护自己生的蛋，你们也看到我们这只该死的老鹰飞来，**看看这场面啊！**各位女士，各位先生，这只勇敢的小浑蛋。

这只乌鸦，**冲向老鹰！**”

我转开头，两个男孩也在同一瞬间手拉手。

“各位女士，各位先生，我呈献在各位面前的是该死的大自然奇迹。这两只鸟就这样对彼此点点头，表达无上的敬意。你也许比我重上几十公斤，体型比我大上四十倍，但是你如果敢靠近我的蛋，我就让你瞧瞧什么叫厉害！”

我们跳起来大叫，三个人同时。站起来热烈鼓掌。

“**加油，乌鸦！**”我们大声呐喊。

“有何不可呢，”我们这位满面红光的爱鸟人士，这个玩世不恭的家伙，我们的向导，说，“加油啊，乌鸦，加油，加油，乌鸦！”

加油，乌鸦。加油，乌鸦。

这很可能是自从她死后，我过得最愉快的一天。

男孩

很久很久以前，有个国王，他有两个儿子。王后从阁楼门摔下来，摔破了头。因为王国里的仆人都忙着为国王擦亮雕像，所以她就这样流血流到死。国王整天忙着解除魔咒和防范小型战争。所以两个小王子就打架。

他们互掴耳光。推挤几下，打上几拳。矮胖的二王子（名叫懒鬼伊凡，也叫罪恶野兽、贪婪恶狼）会把椅子推开，害哥哥跌到冰冷的大理石地板上。跌倒，踢小腿，哈痒。

后来，随着他们对妈妈的思念增加或减少，两人的争斗也跟着变好或变坏。比较英俊的那个大王子（名叫稍稍王子，也叫闲鹰，或饿鹿）会用脚压住弟弟肉乎乎的腋窝，用膝盖在他的肉上滚啊搓的。他们在王殿里，各躺在长椅一端，不停踢踢踢踢，踢到哭哭啼啼的弟弟喊着饶命，更用力踢。

然后他们互相咬来咬去。他们想淹死对方。他们想烧掉对方的头发。他们把对方绑起来，他们互较腕力，他们压制对方，他们互吐口水。

然后他们找到一本毒物书，轮流害对方生病。他们把对方吊起来，用各种方式互相折磨。

有一天，国王在迷阵似的王宫里闲晃，碰见他这两个浑身是血的儿子手持十字弓。两个王子怒火攻心，只想杀死对方。

“我的孩子啊，可爱的淘气孩子，为什么这样玩呢？”国王问。

“因为我们太想念妈妈了。”两个男孩异口同声说。

国王哈哈大笑，拍拍自己像猪一样鼓鼓的肚子。

“我亲爱的小魔鬼啊，对于怎么当国王，你们还有好多要学的呢。王后不是你们的妈妈，就像她不是我妈妈一样。天晓得你们是从哪个肚子里生出来的。

但绝对不是我称之为王后的这位朋友中的朋友。”

于是两个男生大大松了一口气，握握手，继续成为成功的国王，统治富裕庞大的王国。

乌鸦

呱嘎喀嘎，跳来跳去，闻闻嗅嗅，翻翻拣拣，在垃圾箱里，哼哼唱唱。

我有一次失去妻子。而乌鸦一辈子顶多就失去一次妻子。噢，试试看。试着回想一些事情。

他认命地从汀塔杰-卡莱尔飞越摩康比-欧佛德，颠颠簸簸，想用不能吃的莓果和漂亮的教堂毒死自己，还好英格兰的垃圾救了他。他飞越一畦畦乡间牧地，没有时间哀悼，焦黑的骨头、羽毛和其他乌鸦如雨落下，

掉落在电缆上飞弹四散，是一场死鸦的暴风雨，山岩顶端宛如沐浴在烧焦的羽毛里。但我们的乌鸦挑挑拣拣，小口舔食汽水罐、融化的橡胶和照片，第一波风暴从他头顶掠过，就像书面历史飞过劳工头顶一样。西梅、梨子、山楂果、瘀伤。凝块，痰，肿块，榅桲。

他看着一摊油，看见自己的喙颜色鲜艳，一条条红色、绿色、紫色和橘色。活像只该死的海鹦。

他张嘴尖叫，流淌出优美的英国旋律，庭园之歌，像是只黑鸟或是艾佛·吵死人·格尼[16]。

这是乌鸦的另一个噩梦。

男孩

很久很久以前，我们爸爸搭巴士到牛津去听他的英雄泰德·休斯演讲。那时泰德·休斯整个人死气沉沉，快要死了，而爸爸才刚从学校毕业。他以前没到过牛津，看见那里有普通的商店，例如麦当劳之类的，简直吓坏了。他不敢相信有年轻人在巴士站随手乱丢饮料罐。他以为那里只有教授走来走去。

他早到了三个钟头，所以在时髦的唱片行买了几张唱片。他买了自己原本不想要的唱片，因为太难为情，不敢纠正柜台的那个男人。他到酒吧，喝了两杯

健力士啤酒，抽了烟，一根接一根。我们的爸爸很安静，很机灵，很浪漫。

当时室内还可以抽烟。

牛津的规模和现代化让我们的爸爸幻想破灭。他原本以为在活动开始之前或许可以碰到泰德，或彼得·雷德格罗夫[17]。他为自己的天真无知感到羞愧，所以又喝了第三杯。他正在读奥西普·曼德尔斯塔姆[18]，在书上划线、折页角，抄到自己的笔记本上。他以为酒吧里会挤满和他做同样事情的年轻思想家，但酒吧里几乎什么人也没有，只有一个穿马刺队T恤，吃贝果的男人。

我们爸爸在巴士站隔壁这间烂酒吧里。

他对休斯和普拉丝的关系有最实时的分析与看法。其中一个观点是所有的这些都该结束了。是时候摆脱这些废话，不要再有什么党派或生平事迹的争论，纯粹只评论诗本身。他是支持泰德的，我们爸爸。在往牛津的巴士上，他想象自己在镶木板的酒吧里和喧闹不休的普拉丝粉丝大声争论。“好吧，好吧，我们接受泰德的‘河流’。”他们说。

“太好了，”爸会说，“那我就接受普拉丝的‘巨石像’。”

说起来，我们爸爸这人是很老实可靠的。安静，机灵，不过很惨的是太不冷静。我们得铆足全力，才把这些乱七八糟的东西从他心里挖出来。我们确信，这是我们妈妈想要的。这是我们爱他、谢谢他最好的方法。

他的票让他可以免费喝一杯酒。

他还留着那张票，摆在他的泰德档案夹里。

他坐在接近前排的位子。他等待他的英雄。

（一个大块头男人，带了本写满眉批破破烂烂的精装书，身上穿的八成是防水外套，身上甚至飘着德文郡农场的气息，说不定口袋里还有一团稀烂的鲑鱼内脏哩。招牌似的樱草花毛茸茸，褪色了，爸知道，但他的头发像什么样子？或许是潇洒的桂冠诗人短发也说不定。这天会全部讨论莎士比亚，还是会讨论一两首诗？一两首新写的诗，泰德？给你年轻的粉丝们？那些把你和约翰·多恩、弥尔顿相提并论的年轻男孩？）

泰德来的时候，看起来有点不太舒服。

对谈在充满敬意的气氛中进行。他对当时的情况记得不太清楚，只记得是非常非常莎士比亚的深入讨论，其中一个与谈人还对泰德颇有敌意。

到了提问的时间，我们这位才十八岁的爸爸早已经是脖子涨得通红、掌心冒汗、准备好提问的粉丝了。后面的那位，卡利班[19]和帝国的问题。嗯，旁边那位女士，有关于负评的问题。好，先生，前面这位，有关于希薇雅的问题，喜欢泰德的众人叹一口气，主席很有礼貌地说：“这问题和本次讨论无关。”接着，喜悦，噢，无上的喜悦，年轻人，坐在中间的这位。

爸爸站起来，这有点可笑，因为其他人都没这样做。

他站起来，我们咯咯笑。

他的问题非常长，也非常诚恳，讲得有点夹杂不清，但是是有关核战争，有关新闻审查、污染，以及詹姆斯一世的问题。泰德点点头，露出微笑，点头，然后主席说："谢谢你，非常好，这比较像是一篇论文而不是一个问题，但还是谢谢你。很可惜，我必须说我们时间已经到了。"

爸爸痛苦地坐下，臀骨重重撞到座椅，脸色赤红，眼泪刺痛。

有一回他讲这个故事的时候，妈妈显然哭了，但是慢着！慢着！我们一起大叫。慢着，爸，你这个大笨蛋！你并没有让那个主席羞辱你啊！我们就是因为这样才爱你，才取笑你的。这是快乐的结局！

我们爸爸拖着脚步往出口走去时，诗人的大手拍着他的肩膀，泰德·休斯那深达一百二十英尺低沉单调温暖的约克郡口音裹住了我们这位快乐的爸爸。

“好。”休斯深深看着我们爸爸的眼睛。

“好？”我们爸爸说。

“是的。”休斯说，转身离去。

然后我们爸爸忘了他问什么问题，然后泰德·休斯死了，我们妈妈也死了，我兄弟把牛津的故事讲给我听，完全不同的故事。

请求
离去

PERMISSION TO LEAVE

PART THREE

乌鸦

这是你妻子怎么死去的故事。

爸爸

我改变主意了。我不想听。

乌鸦

但这就是重点。她撞到头了。

爸爸

乌鸦，真的，没关系。我了解。我不需要知道。

乌鸦

这还真好玩。

爸爸

亲爱的乌鸦：

你有一次站在我床边，用低沉的鸟叫嗓音叫我绝对不要再婚，叫我要封闭自己的心，绑紧自己。你说，我们乌鸦是一夫一妻的，用你凸出的鸟喙啄着我的额头。

后来，你站在我床边，把泰德的故事告诉我。你用约克郡教师的口音，叫我重新振作起来，找个爱人，打起精神，替儿子想想。努力吧，你说，你应该找个喜欢听人喊“小妈”的可爱小妞同居。滚滚床单。我掀开被子起身，打你、捶你，对你吐口水，但你已经跑掉了，而我必须在你说的和我想的夹击之下，沉沉入睡。没睡。

尖锐的边缘。

臭臭的口气。

男孩

有一回我们在厨房餐桌画画，爸爸说："毕加索的伟大远远超乎我们的想象。"我兄弟说："胡搞瞎搞的老爸！"爸爸哈哈大笑，笑得太厉害，差点吐出来。

我们虐待他，取笑他，因为这样似乎会让他想起我们妈妈。

很久很久以前，我们和奶奶去一个秘密的地方。那里有一堵半圆形的红沙墙，原本是在海里的。伸脚一踢，就有个贝壳掉出来。在一片灿黄色的油菜花田中央。

爸爸没来。那是和爸爸没有关系的事情。

爸爸

她得了感冒。生病在她来说是很不寻常的。男孩还很小，外面在下雪，她受不了我们在家里横冲直撞，所以我们穿上衣服，到公园玩雪橇。没有她在身边，我们很悲惨。男孩不知道他们的帽子在哪里，没办法把连指手套穿过羽绒衣。他们不想碰见其他男生，坐雪橇滑下山坡的那些大男孩。简直绝望。我带他们出门，没穿防水靴，所以还没走到马路上，他们的小脚趾就冻得发痛了。他们嘀嘀咕咕抱怨，我们三个都觉得，没有她，事情怎么都不对劲。他们很可怜我。我觉得很惭愧，我身为父亲的光环竟然完全仰赖她而存在。要是我知道那是

我们终此余生的一次彩排，我就会说**打起精神来，你们这两个小子**，或者**帮帮我**。或者带走我，让我代替她离开，拜托。

爸爸

乌鸦不怕的事情是：

泰德。

希薇雅的传记。

上帝。

风车农场。

没妈的孩子。

秃鹰。

稻草人。

男人。

死亡。

乌鸦会怕的事情是：

离婚。

诡计。

生意。

天主教。

有刺铁丝网。

杀虫剂。

八卦。

动物剥制标本。

凯斯·萨加[20]。

爸爸

大约两年之后，虽然还太早，但时机恰恰好，我带了一个女人回家，是我在研讨会上认识的一位普拉丝学者。

她很风趣，很聪明，而且竭力表现。我们必须悄悄进行，因为男孩们在楼上睡觉。

她很柔软，很漂亮，她和我妻子并不一样，而且她的呼吸有着香瓜的味道。但我们坐在我妻子买来的沙发上，用我妻子买来的杯子喝葡萄酒，在我妻子画的图画

下方，在我妻子死去的公寓里。

我并没有和很多女人有关系，而且只有在和妻子一起，做我妻子喜欢的事时才做得好。我不想做那些事，也不想思索我该不该做那些事，甚至连这个念头都不希望想起。什么事呢？就是我先撞到她的牙齿，然后跪在她大腿上，然后拼命道歉，然后太快就来，然后用力过猛，然后又变得不够猛。

但是进行得很顺利，她很可爱，我们坐起来，对着窗外抽她觉得呛辣的烟，谈起我们所读过的东西，什么都谈，就是不谈希薇雅和泰德所写的东西或有关于他俩的事情。

她离开，欢快的心情让我觉得有点紧张。我在公寓里走来走去，仿佛是第一次来看房子，跨出大大的步伐，有点过度坚决地仔细查看每一英寸表面。我上楼去看那两个男生。

*

我下来的时候，乌鸦在沙发山，模仿我胆怯的一举一动。

男孩

我们似乎耗费了十年的工夫才厘清这件事的影响，拼了命的努力，然后忧伤仿佛就给凿出了大沉孔。

和每个人都一样，其实。

我们以前常常想，她有一天会回来，说这只是个考验而已。

我们以前常常想，我们会和她死于相同的年龄。

我们以前常常想，她可以透过镜子看见我们。

我们以前常常想，她是潜伏的密探，给爸爸钱，换取最新消息。

我们很小心地让她慢慢变老，从不让她停止变化。在爸爸变成爷爷时，我们也很小心地让她变成了奶奶。

我们希望她喜欢我们。

爸爸

亲爱的孩子：

你妈死后大约三年的那个圣诞节，我送你们两兄弟上床睡觉，然后躺在沙发上喝红酒，读罗纳德·斯图亚特·托马斯[21]的书，她走进来，说哈喽。她全身赤裸，只穿了袜子（就算是在她生前，也绝对算不上好看）。她在地毯上绊了一下，踉跄几步，膝盖撞上茶几。我们上楼，我帮她的瘀青涂药膏，又为了医药柜的凌乱不堪吵嘴。然后我们在你们的袜子里塞满礼物，蹑手蹑脚走进你们的房间，把袜子挂在你们的床上。我去睡觉，你们妈妈继续坐在那里看书。

这绝对是真的。

你们乖吗？别担心做了什么或没做什么，没关系的。

爱你的，

爸爸

男孩

兄弟中的一个坐在另一个里面，很努力，但觉得很生气。是我啊。我有几年的时间很不好过，现在没事了，但我很安静，我不感情用事。我兄弟大声喊着嘎啊啊，和他们讲话。我人生里那可怕的几年是脏乌鸦。告诉你一个小秘密。我从来不读啊。我不喜欢休斯，我不喜欢诗。

神经错乱。狂妄自负。否定。耽溺。莫名其妙。

我十几岁的时候，带着来复枪到野地里去猎乌鸦。

我打下一只，想继续打。我想要把这些有着丑恶鸟喙的黑色羽毛堆成一堆，放火烧掉。但他们太聪明了，知道我想要做什么，始终离我远远的。

我回到那只死乌鸦的旁边时，正好看见他一跛一跛地穿过碎石遍布的地面。

爸有几个女朋友，但始终没再婚，这样似乎对每一个人来说都最好。

我既是哥哥也是弟弟。

爸爸

“往前走”的这个概念，在一两年之后，由亲切的男人代表他们善心的妻子提出来讨论。那些爱我的女人。从我小时候就认识我的女人。

噢，我说，我们往前走。**我们活像三根刹不住的巨大鞭炮，拼命往前飞冲**，谢谢你啊，杰佛瑞，替我向珍恩问好。

继续往前走的这个概念是说给笨蛋听的，因为任何有理智的人都知道，哀恸是长期的事情。我不愿躁进。

刺穿我们的疼痛让我们无法变慢，无法加速，也无法立定不动。

所以，在墨蓝色的夏日半夜，我走进他们的房间，听他们的呼吸。被子乱七八糟纠成一团，柔软纤小的四肢从印着机器人和海盗的棉布、各式各样的软玩具中露出来。我和妻子常常进来帮他们盖被子，看见他们睡得如此之熟，总是觉得很不可思议。我们笑着说他们多么漂亮啊。

“真是太不正常了！”我们说。是的，不正常。

我站在那里，吸着他们的气息，思索着——一如既往——诸如脆弱、危险、幸运、不完美、机遇、亲切、好玩、诚实、眼睛、头发、骨头，不知不觉就能恢复活力的青春，永远不紧张，永远都可以亲上一口，就算长癣，就算有咸咸的汗味，我也还是愿意亲他们。我对他们的爱如此之深，有好多个夜晚，我觉得自己被彻底撕裂，我大声问他们：

你们想**往前走**吗？

没有回答。

我们应该思考**往前走**吗？

鼻孔里的气息咻咻，呼呼，舌头嗒嗒，答答，叹气，公寓上层有着看不见的空气，柔和且浓缩的空气，那是公寓顶层，孩子们沉睡做梦的房间。

不，我说，我赞成，我们现在做得很好。

我正要离开的时候，乌鸦来到我身边，关上门，伸出翅膀，温暖地夹住我。

你不孤单，孩子。

男孩

很久很久以前，我是个大人，我有孩子，有妻子，有汽车。我有点像爸爸。

我们开车穿过齐腾斯、唐斯、摩尔斯、布洛德斯，唱着“英国人的英国假期”。我爸以前就是这样的，他带我们认识英国。威尔斯的卡德埃德利斯山、索夫克的海滨卵石道、约克郡的马里昂瀑布。现在我的小小孩看见乌鸦就大叫：“嘎鸦！”因为我看见乌鸦就喊着：**嘎啊啊**。

我讲故事，说的是我们家的朋友，也就是乌鸦的故事。我妻子摇摇头。她觉得太怪异了，我竟然这么乐于回忆和一只想象出来的乌鸦共度的家族假期。我点醒她，情况有可能完全不同，也可能有完全不同的发展，但话说回来，这一切或多或少都还算是正面的。我们想念妈妈，我们爱爸爸，我们对乌鸦挥手。

这没那么怪异啦。

爸爸

“听听看这个。这好到让你没办法错过。啦——砰——啪——砰——啪——啦。”

啪！

“滚开，乌鸦。”

男人 你怎么知道自己找到值得挑起来的东西了？

鸟 这个嘛，这主要是看准备就绪的状态，一方面是本能（饿，或者不饿），一方面是务实（看起来漂亮的一包薯片，看起来不错的寡妇鳏夫）。你肯定记得，我早期那脏话连篇的乌鸦乱叫，其实是条理分明的照理方案，特别为了你的康复而设计的。

男人 我的反应和你预期的一样吗？

鸟 更好。但这要归功于那两个男孩，以及期限。我知道你一把那本《乌鸦》论文的最后定稿寄给出版社，我的工作就结束了。

男人 我的哀恸结束了？

鸟 不，完全不是。你结束的是无助。哀恸是你现在还有，但并不需要乌鸦帮忙的事。

男人 我同意。已经完全改变了。

鸟 哀恸？

男人 是的。

鸟 改变的是一切。这是由自我个性组成的，混乱而美丽。既具备像数学般精确的特质，也用许多自然的形式加以呈现。

男人 例如?

鸟 该从何说起。噢，羽毛。粪便?波浪?蜂巢?绳子?肠子?骨头?羽毛，这么说吧，猫门，等等，不对，等等，帽子，拖把，陷阱，书本，白嘴鸦，小溪，看看我的鸟喙我的……

男人 这太荒谬了。

我觉得就算妻子的鬼魂之前没在我身边徘徊，此刻肯定也会开始在我耳边说：“你必须叫乌鸦离开了。”

男孩

这就是我们对爸爸所知的一切。他是个安静的男生。他没继承家业，整天乱写乱画，很容易被学校里的坏孩子欺负。他没有算术天分，人生的前二十年都花在看书、踢着还不错但不够好的足球，以及等待妈妈。他喜欢希腊神话、俄国人与乔伊斯。他等着成为我们的爸爸。

然后我们妈妈和爸爸恋爱了，他们的关系坚固如石墙，而且非常持久，大家都说这是轻松愉快且自然而然的，他们的味道变成一样，同一个味道，我们的味道。我们。

之后，他更安静了。有两三年的时间，大家都觉得他变得很怪。他有着万年不变的表情，像漂浮不定的人会有的那种神态，在傍晚啤酒般的金色光线里缓缓转身，因为那持久不变的暖意而感到惊讶。肩膀半旋，半眯眼，半微笑。悲伤慢慢地释放，一直涌现不止，不止，不止，让他困惑不解。而今回顾，我想是因为我们。他无法发怒。他无法去死。他无法为失去妻子而发怒咒骂，因为在这笑声、歌声、晒出雀斑点点的英国夏日，他面前有着嘀嘀嘟嘟的乐声欢响。若说乌鸦教会了他什么，那或许就是恒常的平衡。因为少了一个没那么龌龊的字眼：信念。

哀号的悲伤，意思是没错，是谢谢你，是往前走。

爸爸

我那本泰德·休斯的小书反应很好。《泰晤士报文学副刊》有一篇书评：

“这书断然拒绝对休斯与他的诗进行结构性的批判，休斯本人或其诗作的粉丝显然都可以得到满足。”

我那位邋遢的曼彻斯特出版商请我去吃午餐。

我告诉他说我想写一本书，用乌鸦来给泰德·休斯全部的作品做注解。

“写本巴兹尔·邦廷[22]如何？”他说。

我解释说，乌鸦将颠覆、图解、玷污泰德的作品。将会是更为深入、更加狂放不羁的分析，是一种批判，也是一种复仇行为。这将会是一本剪贴簿，一幅拼贴画，一部绘图小说，形式之间的疆界消融于无形，因为乌鸦是恶作剧的妖精，是古代也是后现代，是插画家，是编辑，是野蛮人……

“我们可以买单了吗？”我的出版商说，“你应该往前走了。写本派普[23]与贝杰曼[24]的小书如何？”

所以我回家，和乌鸦谈拆伙的事。

我找不到他。我看见男孩在卧房，对着天花板丢湿卫生纸卷成的球。这让我很生气，因为我告诉过他们，这样会在油漆上留下一块块水渍。等我清理干净，帮他们煮了晚饭，送他们上床睡觉之后才明白，乌鸦已经离开了。

乌鸦

请求离开。我的工作结束了。

我最后应该巡礼一圈，绕着男孩爸爸的疆界，跳/看/停。

我最后应该循着直觉，伤心地寻找午餐盒?

我梦见我找到她的时候，她手臂是蓝色的。

但我手碰到的地方是红色的，有点反应，稍微啄一下，然后呢?

多漂亮的一身肉，如今只剩骨头，

在家里发生的意外。

她撞到头，做了梦，生病，睡着，起床，跌倒。

躺在那里，死了。血从耳朵流出来。

跳／看／嗅／尝／最好不要。彻头彻尾的浪费。

了无生气的脸颊，了无生气的腿胫、脚和脚趾。婚戒。微笑。

医护人员抵达，孩子们在学校学习，学习。

而你，英国鳏夫，像个绿叶雕饰的头像，

慢慢走下坡，变老，呻吟，驼背，发怒，喷气。

薪水，考试，犯错，谎言，欢天喜地的时光推移。可怕的亡者如开满野花的草地。等待适当时机重新开始。

有些爸爸这样做，有些爸爸那样做。有些天生邪恶，有些相当善良。

砍树梢，系浮船，永远都是这样。松紧带，闻一闻，打喷嚏，我们走了。

修剪树林，才长得好。

他们是懂得如何怀念母亲的艺术鉴赏家。

我万分荣幸。

要乖，听鸟的话。

想象的动物长生不死，需要也是，能力也是。

要乖，好好照顾你兄弟。

男孩

爸爸说这是撒妈妈骨灰的最好时机。

他那天早上打电话给学校，说我们感冒了。我周围都是病菌，他对学校秘书开玩笑说，这里情况太不好，他们太耗体力了，如果你懂我的意思的话。

总之。我们哈哈大笑。

走吧，孩子。穿上外套。戴上帽子。我们就动手吧。

爸爸

我们到她很爱的一个地方。我在车上告诉他们，我知道自从他们妈妈死了之后，我就变成一个很异常的爸爸。他们叫我别担心。我告诉他们，那些关于乌鸦的胡说八道都结束了，我要开始恢复一些教书的工作，不再想着泰德·休斯。

他们叫我别担心。

我们停车，沿着对角线迎风而走。

我们尿尿，风把我们的尿往回吹，吹到我们的裤子上。

男孩在鹅卵石地里挖洞的时候，我打盹，醒来时他们睡着了，像卫兵一样守在我身边，拉起外套的帽子。我觉得很温暖。

我没吵醒他们。我走向海滨。我跪下来，打开锡盒。

我叫着她的名字。

我背诵《爱歌》，这是我很喜欢、但她向来觉得不怎么样的一首诗。我为念这首诗而道歉，告诉自己说不

必担心。

骨灰被风吹动，好像满怀渴望，所以我倾倒锡盒，对着风呼喊：

我爱你我爱你我爱你我爱你。

骨灰扬起，像云似的，未能凝结成形的云，非常合乎科学地迅速飞扬，看得出来一点希望都没有。这是一场谋杀，烧焦的小小鸟羽毛漫天飞舞，在灰色的天空上，灰色的大海上，亮白的阳光里，然后消失无踪。男孩们在我背后，掀起宛如巨涛的笑声，大吼大叫，抱着我的腿，绊倒，抓紧，跳跃，旋转，踉跄，大吼，尖叫，两个男生高声呐喊：

我爱你我爱你我爱你。

他们的声音是他们妈妈的生命与歌声。尚未结束。美好非常。一切的一切。

注 释

① 猎人赫恩（Herne the hunter），传说出没于英国温莎森林的幽灵，头上长着鹿角。

② 圣文森特（Saint Vincent），葡萄牙首都里斯本的守护圣徒。

③ 帕特丽夏·海史密斯（Patricia Highsmith，1921——1995），美国小说家，最知名的作品为推理小说雷普利系列。

④ 迪伦·托马斯（Dylan Thomas，1914——1953），威尔斯诗人、作家。

⑤ 泰德·休斯（Ted Hughes，1930——1998），英国诗人，一九八四年被授予“桂冠诗人”封号。他与美国知名女诗人西尔维娅·普拉斯（Sylvia Plath，1932——1963）的婚姻非常轰动，但却以悲剧收场，普拉斯自杀让他饱受指责。乌鸦在休斯的作品中具有独特的意义，诗集《乌鸦》集结他以乌鸦为主角而写的诗作，大部分写于普拉斯自杀之后几年，被认为是他最具代表性的作品。

⑥ 巴斯金（Leonard Baskin，1922——2000），美国雕塑家与插画家，为泰德·休斯好友，为他的作品画过许多插画，包括《乌鸦》。

⑦ 伊本·阿拉比（Ibn ‘Arabī，1165——1240），为安达鲁西亚的神秘主义者、诗人与哲学家，被苏菲教派称为“最伟大的大师”。

⑧ 咆哮之狼（Howlin'Wolf，本名Chester Arthur Burnett，1910——1976），知名的美国非裔蓝调歌手。

⑨ 拉孔奥（Laocoon），希腊神话人物，为特洛伊祭司，因为不听从天神命令，警告特洛伊人木马屠城之计，触怒太阳神阿波罗，派出海蛇追杀他与两个儿子，被啮咬而死。

⑩ 乔治·戴尔（George Dyer），为英国画家法兰西斯·培根（Francis Bacon，1909——1992）的伴侣，培根作品以粗犷犀利如噩梦的肖像画著称，在1971年乔治·戴尔自杀后，作品更趋向黑暗。

⑪ 马蒂亚斯·格吕内瓦尔德（Matthias Grunewald，1470——1528），日耳曼画家，传世的皆为宗教画，代表作是亚尔萨斯教堂的祭坛画，描绘耶稣钉刑、复活、圣告等。

⑫ 唐纳德·温尼科特（Donald Winnicott，1896——1971），英国

精神分析学家，着重研究创伤经历。

⑬ 波吕斐摩斯（Polyphemus），希腊神话里的独眼巨人。

⑭ 《玫瑰马罗伯特》（Robert the Rose Horse）是一本知名的美国绘本，内容描述一匹名叫罗伯特的马对玫瑰过敏，惹出种种麻烦。

⑮ 约翰·克特兰（John Colttrane，1926——1967），美国知名爵士乐手。

⑯ 艾佛·吵死人·格尼（Ivor Bertie Gurney，1890——1973），英国诗人与作曲家。作者把他的中间名Bertie改成Blooming。

⑰ 彼得·雷德格罗夫（Peter Redgrove，1932——2003），英国诗人。

⑱ 奥西普·曼德尔斯塔姆（Osip Mandelstam，1891——1938），俄国诗人、评论家。

⑲ 卡利班（Caliban），莎剧《暴风雨》里的丑恶仆人。

⑳ 凯斯·萨加（Keith Sagar，1934——2013），英国传记作家，以《泰德·休斯传》闻名。

㉑ 罗纳德·斯图亚特·托马斯（Ronald Stuart Thomas，1913——2000），英国诗人。

㉒ 巴兹尔·邦廷（Basil Bunting，1900——1985），英国知名

诗人。

㉓ 派普（John Piper，1903——1992），英国画家，擅风景画，并常与诗人合作。

㉔ 贝杰曼（John Betjeman，1906——1984），英国诗人。

作者简介

麦克斯·波特，任职于出版业，与他的妻儿住在伦敦南部。于2015年所推出的《悲伤长了翅膀》是英国近年文坛公认最诡奇炫目、最让人依恋不已的处女作小说之一。波特自称这是一部“众声的寓言……在散文、诗、剧本、童话、小品文之间恣意游走的小书”。这部小说的成就在于将黑色喜剧与沉痛伤怀巧妙融冶为一体，成功勾勒出哀戚、单亲爸爸温柔之心，以及文学如何帮助我们面对生活。

本书主轴宛若一部直线式叙事的悲伤回忆录，某个家庭成员突然过世，全家人的世界陷入地动天摇，波特刻意不点明女主人的死因，为父亲与两个小男孩轮流发声，描绘出每一个角色独特的感伤思路。他们慢慢从到丧母或丧妻伤痛之中走了出来，充满感情的结局让人揪心不已。

这个主题与波特自己的童年丧亲经验息息相关，不过，他选择呈现感受的方式并非是透过血淋淋的写实面向，反而运用了某种促进释放创意潜能的手法。读者很快就会发现，原文书名《GRIEF IS THE THING WITH FEATHERS》与封面的乌鸦设计，绝非只是单纯的隐喻象征而已。

GRIEF IS THE THING WITH FEATHERS by MAX PORTER

First published in 2015 by Faber & Faber Ltd

This edition arranged with Faber and Faber Ltd. through Big Apple Agency, Inc., Labuan Malaysia.

Traditional Chinese edition copyright:

2017 SPRING INTERNATIONAL PUBLISHERS, CO., LTD